Der Verrückte von der Erde

Keith Laumer

Writat

Diese Ausgabe erschien im Jahr 2023

ISBN: 9789358810394

Herausgegeben von
Writat
E-Mail: info@writat.com

DER VERRÜCKTE VON DER ERDE
VON KEITH LAUMER

ICH

„Der Konsul für die terrestrischen Staaten", sagte Retief, „überbringt dem Kulturministerium der Groakischen Autonomie seine Komplimente und so weiter und hat die Ehre, unter Bezugnahme auf die Einladung des Ministeriums, an einem interpretatorischen Grimassenkonzert teilzunehmen, auszusprechen." bedauere, dass er nicht in der Lage sein wird –"

„Sie können diese Einladung nicht ausschlagen", sagte Verwaltungsassistent Meuhl rundheraus. „Ich werde das ‚Akzeptiere gerne' machen."

Retief atmete eine Wolke Zigarrenrauch aus.

„Fräulein Meuhl ", sagte er, „in den letzten paar Wochen habe ich sechs Lichtkonzerte, vier Versuche mit Kammermusik und weiß Gott wie viele verschiedene Volkskunstfestivals erlebt. Ich war ständig beschäftigt." - Dienststunde, seit ich hier bin –"

Groaci nicht beleidigen ", sagte Fräulein Meuhl scharf. „Konsul Whaffle wäre nie so unhöflich gewesen."

„ Whaffle ist vor drei Monaten von hier weggegangen", sagte Retief, „und überließ mir das Kommando."

„Nun", sagte Miss Meuhl und schaltete das Dictyper ab . „Ich weiß sicher nicht, welche Entschuldigung ich dem Minister geben kann."

„Ganz zu schweigen von den Ausreden", sagte Retief. „Sag ihm einfach, dass ich nicht da sein werde." Er stand auf.

„Verlassen Sie das Büro?" Fräulein Meuhl rückte ihre Brille zurecht. „Ich habe hier einige wichtige Briefe für Ihre Unterschrift."

„Ich kann mich nicht erinnern, heute irgendwelche Briefe diktiert zu haben, Miss Meuhl ", sagte Retief und zog einen leichten Umhang an.

„Ich habe sie für Sie geschrieben. Sie sind genau so, wie Konsul Whaffle sie gewollt hätte."

„Haben Sie alle Briefe von Whaffle für ihn geschrieben, Miss Meuhl ?"

„Konsul Whaffle war ein äußerst beschäftigter Mann", sagte Miss Meuhl steif. „Er hatte vollstes Vertrauen zu mir."

„Da ich von jetzt an auf die Kultur verzichten werde", sagte Retief, „werde ich nicht so beschäftigt sein."

"Also!" sagte Frau Meuhl . „Darf ich fragen, wo Sie sein werden, wenn sich etwas ergibt?"

„Ich gehe rüber zum Archiv des Auswärtigen Amtes."

Fräulein Meuhl blinzelte hinter dicken Brillengläsern. "Wozu auch immer?"

Retief blickte Miss Meuhl nachdenklich an . „Sie sind seit vier Jahren hier auf Groac , Miss Meuhl . Was steckte hinter dem Staatsstreich , der die derzeitige Regierung an die Macht brachte?"

„Ich bin mir sicher, dass ich nicht hineingeschnüffelt habe –"

„Was ist mit diesem Landkreuzer? Der, der vor etwa zehn Jahren hier draußen verschwunden ist?"

„Herr Retief, das sind genau die Art von Fragen, die wir bei den Groaci *vermeiden* . Ich hoffe wirklich, dass Sie nicht daran denken, sich offen einzumischen –"

"Warum?"

„Die Groaci sind eine sehr sensible Rasse. Sie sind nicht damit einverstanden, dass Außenweltler Dinge aufsammeln. Sie waren so gnädig, uns die Tatsache herunterleben zu lassen, dass die Erdbewohner sie einmal einer tiefen Demütigung ausgesetzt haben."

„Du meinst, als sie nach dem Kreuzer suchten?"

„Ich für meinen Teil schäme mich für die selbstherrliche Taktik, die angewandt wurde, um diese unschuldigen Menschen zu belästigen, als wären sie Kriminelle. Wir versuchen, diese Wunde nie wieder aufzureißen, Herr Retief."

„Sie haben den Kreuzer nie gefunden, oder?"

„Bestimmt nicht auf Groac ."

Retief nickte. „Danke, Fräulein Meuhl ", sagte er. „Ich bin zurück, bevor Sie das Büro schließen." Auf Fräulein Meuhls Gesicht zeichneten sich grimmige Missbilligungen ab, als er die Tür schloss.

Der blassgesichtige Groacian ließ seine Kehlblase in einem verzweifelten Blöken vibrieren.

„Das Archiv nicht betreten", sagte er mit seiner schwachen Stimme. „Die Verweigerung der Erlaubnis. Das tiefe Bedauern des Archivars."

„Die Wichtigkeit meiner Aufgabe hier", sagte Retief und sprach den Stimmritzendialekt mit Mühe aus. „Mein Interesse an lokaler Geschichte."

„Die Unmöglichkeit, Zugang zu Außenweltlern zu erhalten. Ruhig abzureisen."

„Die Notwendigkeit, in die ich eingehe."

„Die spezifischen Anweisungen des Archivars." Die Stimme des Groacianers steigerte sich zu einem Flüstern. „Nicht länger darauf bestehen. Diese Idee aufgeben!"

„OK, Skinny, ich weiß, wann ich geleckt werde", sagte Retief auf Terranisch. „Um deine Nase sauber zu halten."

Draußen blieb Retief einen Moment stehen und blickte zu den tief geschnitzten, fensterlosen Stuckfassaden entlang der Straße hinüber, dann machte er sich auf den Weg in Richtung des Generalkonsulats der Erde. Die wenigen Groacianer auf der Straße beäugten ihn verstohlen und wichen ihm aus, als er vorbeikam. Schwache, hochrädrige Bodenfahrzeuge schnauften lautlos über das elastische Pflaster. Die Luft war sauber und kühl.

Im Büro würde Frau Meuhl mit einer weiteren Liste von Beschwerden warten.

Retief betrachtete die Schnitzereien über den offenen Türen entlang der Straße. Ein aufwändiges Exemplar mit rosafarbener Farbe schien auf das groakische Äquivalent eines Balkens hinzuweisen. Retief ging hinein.

Ein groacischer Barkeeper verteilte Tontöpfe mit alkoholischen Getränken aus der Bargrube in der Mitte des Raumes. Er sah Retief an und erstarrte mitten in der Bewegung, ein Metallrohr über einem wartenden Topf.

„Um ein kühles Getränk zu genießen", sagte Retief auf Groakisch und hockte sich am Rand der Grube nieder. „Um ein echtes kroatisches Getränk zu probieren."

„Um meine armseligen Opfergaben nicht zu genießen", murmelte der Groakianer . „Ein Schmerz in den Verdauungsbeuteln; um Bedauern auszudrücken."

„Mach dir keine Sorgen", sagte Retief irritiert. „Um es auszuschütten und mich entscheiden zu lassen, ob es mir gefällt."

„Von Friedenstruppen wegen Vergiftung von – Ausländern festgenommen zu werden." Der Barkeeper schaute sich nach Unterstützung um, fand aber keine. Die Groaci- Kunden, die den Blick nach draußen gerichtet hatten, entfernten sich.

„Um das Blei herauszuholen", sagte Retief und legte ein dickes Goldstück in die bereitgestellte Schale. „Um einen Tentakel zu schütteln."

„Die Beschaffung eines Käfigs", rief eine dünne Stimme von der Seitenlinie. „Die Zurschaustellung eines Freaks."

Retief drehte sich um. Ein großer Groaker ließ seine Mandibeln in einer Geste der Verachtung vibrieren. Anhand seiner bläulichen Halsfärbung konnte man erkennen, dass die Kreatur betrunken war.

„Um deinen oberen Sack zu ersticken", zischte der Barkeeper und blickte den Betrunkenen an. „Um zu schweigen, Wurfgeschwister der Drohnen."

„Um dein eigenes Gift zu schlucken, Spender der Abscheulichkeit", flüsterte der Betrunkene. „Um einen geeigneten Käfig für dieses Zoostück zu finden." Er wandte sich Retief zu. „Um es wie alle Freaks auf der Straße zu zeigen."

„Hast du schon viele Freaks wie mich gesehen, nicht wahr?" fragte Retief interessiert.

„Um verständlich zu sprechen, übelriechender Außenweltler", sagte der Betrunkene. Der Barkeeper flüsterte etwas, und zwei Gäste kamen auf den Betrunkenen zu, nahmen seine Arme und halfen ihm zur Tür.

„Um einen Käfig zu bekommen!" der Betrunkene schrillte. „Um die Tiere an ihrem eigenen stinkenden Ort zu halten."

„Ich habe meine Meinung geändert", sagte Retief zum Barkeeper. „Um verdammt dankbar zu sein, aber jetzt muss ich mich beeilen." Er folgte dem Betrunkenen zur Tür hinaus. Der andere Groaci ließ ihn los und eilte wieder hinein. Retief blickte den webenden Außerirdischen an.

„Zum Schluss, Freak", flüsterte der Groacianer .

„Um Freunde zu sein", sagte Retief. „Um freundlich zu dummen Tieren zu sein."

„Um dich auf einen Viehhof verschleppen zu lassen, übelriechendes ausländisches Vieh."

„Um nicht böse zu sein, duftender Eingeborener", sagte Retief. „Damit ich mit dir befreundet sein kann."

„Zu fliehen, bevor ich dir einen Stock bringe!"

„Um gemeinsam etwas zu trinken —"

„Solche Unverschämtheit nicht ertragen!" Der Groacian rückte in Richtung Retief vor. Retief wich zurück.

„Um Händchen zu halten", sagte Retief. „Lähmungsgelähmt sein –"

Der Groacianer griff nach ihm, verfehlte ihn jedoch. Ein Passant ging mit gesenktem Kopf um ihn herum und huschte davon. Retief trat rückwärts in die Öffnung zu einer schmalen Kreuzung und bot dem betrunkenen Einheimischen, der wütend folgte, weitere verbale Vertrautheiten an. Retief wich zurück, bog um eine Ecke in einen engen, gassenähnlichen Durchgang, verlassen, still ... bis auf den folgenden Groacian .

Retief ging um ihn herum, packte ihn am Kragen und zerrte daran. Der Groaker fiel auf den Rücken. Retief stand über ihm. Die niedergeschlagene einheimische Halbrose; Retief stellte einen Fuß auf seine Brust und drückte.

„Für ein paar Minuten nirgendwo hingehen", sagte Retief. „Um hier zu bleiben und ein schönes langes Gespräch zu führen."

II

"Da bist du ja!" Sagte Miss Meuhl und beäugte Retief über ihre Brillengläser hinweg. „Es warten zwei Herren auf Sie. Groakische Herren."

„Regierungsmänner, stelle ich mir vor. Das verbreitet sich schnell." Retief zog seinen Umhang aus. „Das erspart mir die Mühe, noch einmal im Außenministerium anzurufen."

„Was hast du gemacht? Sie scheinen sehr verärgert zu sein, ich habe nichts dagegen, es dir zu sagen."

„Das tun Sie sicher nicht. Kommen Sie mit. Und bringen Sie einen offiziellen Rekorder mit."

Zwei Groaci mit schweren Augenschilden und kunstvollen Wappenornamenten, die ihren Rang verdeutlichen, erhoben sich, als Retief den Raum betrat. Keiner von beiden bot einen höflichen Schnappschuss mit den Mandibeln an, bemerkte Retief. Sie waren wirklich verrückt.

„Ich bin Fith vom Terrestrial Desk des Außenministeriums, Herr Konsul", sagte der größere Groacianer mit lispelndem Terraner. „Darf ich Shluh von der Internen Polizei vorstellen?"

„Setzen Sie sich, meine Herren", sagte Retief. Sie nahmen ihre Plätze wieder ein. Miss Meuhl blieb nervös stehen und setzte sich dann auf die Kante eines unbequemen Stuhls.

„Oh, es ist so ein Vergnügen –", begann sie.

„Macht nichts", sagte Retief. „Diese Herren sind heute nicht hierher gekommen, um Tee zu trinken."

„So wahr“, sagte Fith . „Ehrlich gesagt habe ich einen äußerst beunruhigenden Bericht erhalten, Herr Konsul. Ich werde Shluh bitten, ihn zu schildern.“ Er nickte dem Polizeichef zu.

„Vor einer Stunde“, sagte der Groacianer , „wurde ein groacischer Staatsbürger mit schweren Prellungen ins Krankenhaus eingeliefert. Die Befragung dieser Person ergab, dass er von einem Ausländer angegriffen und geschlagen worden war. Ein Terrestrier, um genau zu sein. Meine Untersuchung Die Abteilung weist darauf hin, dass die Beschreibung des Täters weitgehend mit der des terrestrischen Konsuls übereinstimmt.

Fräulein Meuhl schnappte hörbar nach Luft.

Fith fest an , „von einem Landkreuzer, der *ISV Terrific* , der vor neun Jahren in diesem Sektor außer Sichtweite geriet?“

"Wirklich!" rief Fräulein Meuhl und erhob sich. "Ich wasche mir die Hände-
"

„Lass einfach den Rekorder laufen“, schnappte Retief.

„Ich werde keine Party machen –“

„Sie werden tun, was Ihnen gesagt wird, Miss Meuhl “, sagte Retief leise. „Ich fordere Sie auf, dieses Gespräch offiziell und versiegelt aufzuzeichnen.“

Fräulein Meuhl setzte sich.

Fith schnaufte empört die Kehle. „Sie öffnen eine alte Wunde wieder, Herr Konsul. Es erinnert uns an bestimmte illegale Behandlungen durch irdische Hände –“

„Quatsch“, sagte Retief. „Diese Melodie ging bei meinen Vorgängern durch, aber bei mir trifft sie einen sauren Ton.“

„Alle unsere Anstrengungen“, sagte Miss Meuhl , „um diese schreckliche Episode zu überstehen! Und Sie –“

„Schrecklich? Soweit ich weiß, hat sich eine terrestrische Task Force vor Groac gestellt und eine Delegation heruntergeschickt, um Fragen zu stellen. Sie bekamen ein paar lustige Antworten und blieben weiter, um ein wenig herumzustöbern. Nach einer Woche gingen sie. Etwas nervig für die Groaci , vielleicht. “ – höchstens. Wenn sie unschuldig wären.“

"WENN!" Fräulein Meuhl platzte heraus.

"Wenn in der Tat!" sagte Fith mit zitternder schwacher Stimme. „Ich muss protestieren, dass du-“

„Rette die Proteste, Fith . Du musst einiges erklären. Und ich glaube nicht, dass deine Geschichte gut genug sein wird."

„Es liegt an Ihnen, es zu erklären! Diese Person, die geschlagen wurde –"

„Nicht geschlagen. Nur ein paar Mal geklopft, um sein Gedächtnis aufzulockern."

„Dann gibst du zu –"

„Es hat auch funktioniert. Er erinnerte sich an viele Dinge, sobald er sich dazu entschlossen hatte."

Fith erhob sich; Shluh folgte seinem Beispiel.

„Ich werde um Ihre sofortige Abberufung bitten, Herr Konsul. Ohne Ihre diplomatische Immunität würde ich mehr tun …"

„Warum ist die Regierung gestürzt, Fith ? Es war kurz nach dem Besuch der Task Force und vor der Ankunft der ersten irdischen diplomatischen Mission."

„Das ist eine interne Angelegenheit!" rief Fith mit seiner schwachen gräkäischen Stimme. „Das neue Regime hat sich euch Erdenbürgern gegenüber äußerst liebenswürdig gezeigt. Es hat sich selbst übertroffen –"

„…um den terrestrischen Konsul und seine Mitarbeiter im Dunkeln zu lassen", sagte Retief. „Und das Gleiche gilt für die wenigen terrestrischen Geschäftsleute, die Sie besucht haben. Diese kontinuierliche Runde der Kultur; keine sozialen Kontakte außerhalb des diplomatischen Kreises; keine Reisegenehmigungen, um abgelegene Bezirke oder Ihren Satelliten zu besuchen –"

"Genug!" Fiths Mandibeln zitterten vor Kummer. „Ich kann nicht mehr über diese Angelegenheit reden –"

„Sie werden mit mir reden, oder in fünf Tagen wird eine Task Force hier sein, die das Gespräch übernimmt", sagte Retief.

„Das kannst du nicht!" Fräulein Meuhl schnappte nach Luft.

Meuhl einen festen Blick zu . Sie schloss ihren Mund. Der Groaci setzte sich.

„Beantworten Sie mir diese Frage", sagte Retief und sah Shluh an. „Vor ein paar Jahren – ungefähr neun Jahre, glaube ich – fand hier eine kleine Parade statt. Einige seltsam aussehende Kreaturen wurden eingefangen. Nachdem sie sicher in Käfigen gehalten wurden, wurden sie dem sanften Groaci-Publikum ausgestellt. Durch die Straßen geschleppt. Sehr lehrreich , nein Zweifel. Eine hochkulturelle Show.

„Das Komische an diesen Tieren. Sie trugen Kleidung. Sie schienen miteinander zu kommunizieren. Alles in allem war es eine sehr amüsante Ausstellung.“

„Sag mir, Shluh, was ist mit diesen sechs Erdbewohnern passiert, nachdem die Parade vorbei war?“

Fith gab einen erstickten Laut von sich und sprach schnell auf Groakisch mit Shluh . Shluh zog den Blick zurück und sank auf seinem Stuhl zusammen. Fräulein Meuhl öffnete den Mund, schloss ihn und blinzelte schnell.

„Wie sind sie gestorben?“ Retief schnappte. „Haben Sie sie ermordet, ihnen die Kehle durchgeschnitten, sie erschossen oder lebendig begraben? Welches amüsante Ende haben Sie für sie herausgefunden? Recherchieren Sie vielleicht? Schneiden Sie sie auf, um zu sehen, was sie zum Schreien gebracht hat …“

"NEIN!" Fith schnappte nach Luft. „Ich muss diesen schrecklichen falschen Eindruck sofort korrigieren.“

„Verdammt, das ist ein falscher Eindruck“, sagte Retief. „Das waren Terraner! Ein einfaches Drogenverhör würde das aus jedem Groacianer herausholen , der die Parade gesehen hat.“

„Ja“, sagte Fith schwach. „Es stimmt, es waren Erdbewohner. Aber es gab kein Töten.“

„Sie leben?“

„Leider nein. Sie... sind gestorben.“

Miss Meuhl jaulte leise.

„Ich verstehe“, sagte Retief. "Sie starben."

„Wir haben natürlich versucht, sie am Leben zu erhalten. Aber wir wussten nicht, welche Lebensmittel …“

„Haben Sie sich auch nicht die Mühe gemacht, es herauszufinden, oder?“

„Sie wurden krank“, sagte Fith . "Einer nach dem anderen...."

„Mit dieser Frage beschäftigen wir uns später“, sagte Retief. „Im Moment möchte ich mehr Informationen. Woher haben Sie sie? Wo haben Sie das Schiff versteckt? Was ist mit dem Rest der Besatzung passiert? Sind sie vor der großen Parade ‚krank‘ geworden?“

„Es gab keine mehr! Auf jeden Fall, das versichere ich Ihnen!“

„Bei der Bruchlandung getötet?“

„Keine Bruchlandung. Das Schiff landete unversehrt östlich der Stadt. Die … Erdbewohner … waren unverletzt. Natürlich hatten wir Angst vor ihnen. Sie waren uns fremd. Wir hatten noch nie zuvor solche Wesen gesehen.“

„Sie sind mit feuernden Waffen vom Schiff gestiegen, oder?“

„Waffen? Nein, keine Waffen –“

„Sie haben ihre Hände gehoben, nicht wahr? Sie haben um Hilfe gebeten. Du hast ihnen geholfen; hast ihnen in den Tod geholfen.“

„Wie konnten wir das wissen?“ Fith stöhnte.

„Wie konntest du ahnen, dass in ein paar Monaten eine Flottille auftauchen und nach ihnen suchen würde, meinst du? Das war ein Schock, nicht wahr? Ich wette, du hattest viel Spaß damit, das Schiff zu verstecken und alle zum Schweigen zu bringen . Eine knappe Entscheidung, nicht wahr?“

„Wir hatten Angst“, sagte Shluh. „Wir sind ein einfaches Volk. Wir hatten Angst vor den seltsamen Kreaturen der außerirdischen Schiffe. Wir haben sie nicht getötet, aber wir hatten das Gefühl, dass es gut war, dass sie … nicht überlebten. Als dann die Kriegsschiffe kamen, erkannten wir unseren Fehler.“ Aber wir hatten Angst, etwas zu sagen. Wir säuberten unsere schuldigen Anführer, verheimlichten, was geschehen war, und … boten unsere Freundschaft an. Wir forderten die Aufnahme diplomatischer Beziehungen. Wir haben einen Fehler begangen, das ist wahr, einen großen Fehler. Aber wir haben es versucht Wiedergutmachung leisten...“

„Wo ist das Schiff?“

"Das Schiff?"

„Was hast du damit gemacht? Es war zu groß, um einfach wegzugehen und es zu vergessen. Wo ist es?“

Die beiden Groacianer tauschten Blicke.

„Wir möchten unsere Reue zeigen“, sagte Fith . „Wir zeigen Ihnen das Schiff.“

„Miss Meuhl “, sagte Retief. „Wenn ich nicht innerhalb einer angemessenen Zeitspanne zurückkomme, übermitteln Sie diese Aufzeichnung versiegelt an das Regionalhauptquartier.“ Er stand auf und sah den Groaci an .

„Lass uns gehen“, sagte er.

Retief beugte sich unter die schweren Balken, die den Eingang zur Höhle stützten. Er spähte in die Dunkelheit auf die geschwungene Flanke des vom Weltraum verbrannten Rumpfes.

„Gibt es hier Lichter?" er hat gefragt.

Ein Groacianer legte einen Schalter um. Ein schwacher bläulicher Schimmer entstand.

Retief ging über den erhöhten Holzsteg und betrachtete das Schiff. Unter den linsenlosen Scanneraugen klafften leere Stellungen. In der halboffenen Einstiegsluke waren verstreute Terrassendielen zu sehen. In der Nähe des Bugs waren die Worte „IVS Terrific B7 New Terra" in glänzendem Chrom aus Duralloy angebracht .

„Wie hast du es hier reingebracht?" fragte Retief.

„Es wurde vom etwa neun Meilen entfernten Landepunkt hierher geschleppt", sagte Fith mit dünnerer Stimme als je zuvor. „Das ist eine natürliche Gletscherspalte. Das Schiff wurde hineingelassen und überdacht."

„Wie haben Sie es abgeschirmt, damit die Detektoren es nicht auffangen?"

„Alles hier ist hochwertiges Eisenerz", sagte Fith und winkte einem Mitglied zu. „Große Adern aus fast reinem Metall."

Retief grunzte. "Lass uns rein gehen."

Shluh trat mit einer Handlampe vor. Die Gruppe betrat das Schiff.

Retief kletterte einen schmalen Niedergang hinauf und blickte sich im Inneren des Kontrollraums um. Staub war dick auf dem Deck, den Stützen, an denen die Beschleunigungsliegen montiert waren, den leeren Instrumententafeln, dem Durcheinander abgerissener Bolzen, Draht- und Papierfetzen. Eine dünne Rostschicht ließ das freiliegende Metall an den Stellen stumpf werden, an denen Schneidbrenner schwere Abschirmungen abgeschnitten hatten. Es roch leicht nach abgestandener Bettwäsche.

„Der Frachtraum –", begann Shluh.

„Ich habe genug gesehen", sagte Retief.

Schweigend führten die Groacianer den Weg zurück durch den Tunnel in die Spätnachmittagssonne. Als sie den Hang zum Dampfwagen hinaufstiegen, trat Fith an Retiefs Seite.

„In der Tat hoffe ich, dass dies das Ende dieser unglücklichen Angelegenheit sein wird", sagte er. „Jetzt, wo alles vollständig und ehrlich gezeigt wurde –"

„Das können Sie alles überspringen", sagte Retief. „Sie sind neun Jahre zu spät dran. Ich kann mir vorstellen, dass die Besatzung noch am Leben war, als die Task Force anrief. Sie haben sie getötet – oder sterben lassen –, anstatt das Risiko einzugehen, zuzugeben, was Sie getan haben."

„Wir waren schuld", sagte Fith niedergeschlagen. „Jetzt wünschen wir uns nur noch Freundschaft."

„Die *Terrific* war ein schwerer Kreuzer, etwa zwanzigtausend Tonnen." Retief blickte den schlanken Beamten des Auswärtigen Amtes grimmig an. „Wo ist sie, Fith ? Ich gebe mich nicht mit einem Hundert-Tonnen-Rettungsboot zufrieden."

Fith richtete seine Augenstiele so heftig auf, dass ein Augenschutz abfiel.

„Ich weiß nichts von … von …" Er hielt inne. Seine Kehle vibrierte schnell, als er darum kämpfte, zur Ruhe zu kommen.

„Meine Regierung kann keine weiteren Anschuldigungen erheben, Herr Konsul", sagte er schließlich. „Ich war völlig aufrichtig zu Ihnen, ich habe übersehen, dass Sie sich mit Dingen beschäftigt haben, die nicht in Ihren Verantwortungsbereich fallen. Meine Geduld ist am Ende."

„Wo ist das Schiff?" Retief rappte. „Du lernst nie, oder? Du bist immer noch davon überzeugt, dass du die ganze Sache verbergen und vergessen kannst. Ich sage dir, dass du das nicht kannst."

„Wir kehren jetzt in die Stadt zurück", sagte Fith . „Ich kann nicht mehr tun."

„Du kannst und du wirst, Fith ", sagte Retief. „Ich habe vor, der Wahrheit in dieser Angelegenheit auf den Grund zu gehen."

Fith sprach in schnellem Groakisch mit Shluh . Der Polizeichef deutete auf seine vier bewaffneten Polizisten. Sie riefen Retief an.

Retief beäugte Fith . „Versuchen Sie es nicht", sagte er. „Du wirst einfach tiefer hineingehen."

Fith klapperte wütend mit den Mandibeln, die Augenstiele neigten sich aggressiv in Richtung des Terrestrischen.

„Aus Rücksicht auf Ihren diplomatischen Status, Terrestrisch, werde ich Ihre beleidigenden Bemerkungen ignorieren", sagte Fith mit seiner rauen Stimme. „Lasst uns jetzt in die Stadt zurückkehren."

Retief blickte die vier Polizisten an. „Ich verstehe Ihren Standpunkt", sagte er.

Fith folgte ihm ins Auto und saß starr am anderen Ende des Sitzes.

„Ich rate Ihnen, ganz in der Nähe Ihres Konsulats zu bleiben", sagte Fith . „Ich rate Ihnen, diese Fantasien aus Ihrem Kopf zu verbannen und die kulturellen Aspekte des Lebens in Groac zu genießen . Vor allem sollte ich mich nicht aus der Stadt wagen oder übermäßig neugierig auf Angelegenheiten wirken, die nur die Regierung Groacs betreffen."

Shluh blickte auf dem Vordersitz geradeaus. Das locker gefederte Fahrzeug schwankte und schwankte über die schmale Straße. Retief lauschte dem rhythmischen Schnaufen des Motors und sagte nichts.

* * *

III

„Miss Meuhl ", sagte Retief, „ich möchte, dass Sie aufmerksam zuhören, was ich Ihnen sagen werde. Ich muss jetzt schnell handeln, um die Groaci zu überraschen."

„Ich weiß sicher nicht, wovon Sie reden", blaffte Fräulein Meuhl mit scharfen Augen hinter den schweren Brillengläsern.

„Wenn Sie zuhören, finden Sie es vielleicht heraus", sagte Retief. „Ich habe keine Zeit zu verlieren, Miss Meuhl . Sie werden nicht mit einem sofortigen Schritt rechnen – das hoffe ich – und das gibt mir vielleicht den Spielraum, den ich brauche."

„Sie sind immer noch entschlossen, aus diesem Vorfall ein Problem zu machen!" Fräulein Meuhl schnaubte. „Ich kann den Groaci wirklich kaum einen Vorwurf machen . Sie sind keine hochentwickelte Rasse; sie waren noch nie zuvor Außerirdischen begegnet."

„Sie sind bereit, viel zu verzeihen, Fräulein Meuhl . Aber es ist nicht das, was vor neun Jahren passiert ist, was mich beschäftigt. Es ist das, was jetzt passiert. Ich habe Ihnen gesagt, dass es nur ein Rettungsboot war, das die Groaci versteckt haben . " Verstehen Sie die Implikation nicht? Dieses Schiff konnte nicht weit gekommen sein. Der Kreuzer selbst muss irgendwo in der Nähe sein . Ich möchte wissen, wo!"

„Die Groaci wissen es nicht. Sie sind ein sehr kultiviertes, sanftes Volk. Sie können dem Ruf der Terrestrier irreparablen Schaden zufügen, wenn Sie darauf bestehen –"

„Das ist meine Entscheidung", sagte Retief. „Ich habe einen Job zu erledigen und wir verschwenden Zeit." Er durchquerte den Raum zu seinem Schreibtisch, öffnete eine Schublade und holte eine Nadel mit schmalem Lauf heraus.

„Dieses Büro wird überwacht. Nicht sehr effizient, wenn ich die Groaci kenne . Ich denke, ich komme problemlos an ihnen vorbei."

„Wohin gehst du mit … dem?" Miss Meuhl starrte den Nadelschneider an. "Was in aller Welt-"

„Die Groaci werden keine Zeit damit verschwenden, jedes Blatt Papier in ihren Akten zu vernichten, das sich auf diese Sache bezieht. Ich muss bekommen, was ich brauche, bevor es zu spät ist. Wenn ich auf eine offizielle Untersuchungskommission warte, werden sie nichts als leeres Papier vorfinden." lächelt."

"Du bist verrückt!" Fräulein Meuhl stand auf und zitterte vor Empörung. „Du bist wie ein ... ein ..."

„Sie und ich sind in einer schwierigen Lage, Miss Meuhl . Der logische nächste Schritt für die Groaci besteht darin, uns beide loszuwerden. Wir sind die Einzigen, die wissen, was passiert ist. Fith hätte es heute Nachmittag fast geschafft, aber ich habe geblufft ihn raus – für den Moment."

Fräulein Meuhl lachte schrill. „Deine Fantasien überwältigen dich", keuchte sie. „In der Tat in Gefahr! Mich loszuwerden! So etwas Lächerliches habe ich noch nie gehört."

„Bleiben Sie in diesem Büro. Schließen Sie die Tür und verriegeln Sie sie. Sie haben Essen und Wasser im Spender. Ich schlage vor, dass Sie Vorräte auffüllen, bevor die Versorgung geschlossen wird. Lassen Sie niemanden herein, unter welchem Vorwand auch immer. Ich bleibe per Telefon mit Ihnen in Kontakt.

"Was hast du vor?"

„Wenn ich es nicht hierher schaffe, übermitteln Sie die versiegelte Aufzeichnung des Gesprächs von heute Nachmittag zusammen mit den Informationen, die ich Ihnen gegeben habe. Übermitteln Sie sie an einem 1. Mai mit Priorität. Dann erzählen Sie den Groaci, was Sie getan haben, und warten Sie . Ich denke, es wird dir gut gehen. Es wird nicht einfach sein, hier reinzusprengen, und sie werden die Sache sowieso nicht noch schlimmer machen, indem sie dich töten. Eine Truppe kann in einer Woche hier sein."

„Ich werde nichts dergleichen tun! Die Groaci mögen mich sehr! Du ... Johnny-komm-in letzter Zeit! Raufbold! Auf dem Weg zu zerstören –"

„Wenn du dich dadurch besser fühlst, gib mir die Schuld", sagte Retief, „aber sei nicht dumm genug, ihnen zu vertrauen." Er zog einen Umhang an und öffnete die Tür.

„Ich bin in ein paar Stunden zurück", sagte er. Fräulein Meuhl starrte ihm schweigend nach, als er die Tür schloss.

Es war eine Stunde vor Tagesanbruch, als Retief die Zahlenkombination des Safeschlosses eingab und das dunkle Konsularbüro betrat. Er sah müde aus.

Fräulein Meuhl , die auf einem Stuhl döste, erwachte erschrocken. Sie sah Retief an, stand auf, schaltete das Licht ein und drehte sich um, um ihn anzustarren.

„Was in aller Welt – Wo warst du? Was ist mit deiner Kleidung passiert?"

„Ich bin ein bisschen dreckig geworden. Mach dir darüber keine Sorgen." Retief ging zu seinem Schreibtisch, öffnete eine Schublade und legte die Nadel zurück.

"Wo bist du gewesen?" fragte Frau Meuhl . „Ich bin hier geblieben –"

„Ich bin froh, dass Sie das getan haben", sagte Retief. „Ich hoffe, du hast auch einen Vorrat an Essen und Wasser aus dem Spender angehäuft. Wir werden uns hier für mindestens eine Woche verstecken." Er notierte die Zahlen auf einem Block. „Wärmen Sie den offiziellen Absender auf. Ich habe eine lange Übertragung für das Regionalhauptquartier."

„Wirst du mir sagen, wo du warst?"

„Ich habe eine Nachricht, dass ich zuerst verschwinden muss, Miss Meuhl ", sagte Retief scharf. „Ich war im Außenministerium", fügte er hinzu. „Ich erzähle dir später alles darüber."

„Um diese Zeit? Es ist niemand da …"

"Genau."

Fräulein Meuhl schnappte nach Luft. „Sie meinen, Sie sind eingebrochen? Sie haben im Auswärtigen Amt eingebrochen?"

„Das stimmt", sagte Retief ruhig. "Jetzt-"

„Das ist absolut das Ende!" sagte Frau Meuhl . „Gott sei Dank habe ich schon –"

„Lass den Absender los, Frau!" Retief schnappte. "Das ist wichtig."

„Das habe ich bereits getan, Herr Retief!" sagte Fräulein Meuhl barsch. „Ich habe darauf gewartet, dass du hierher zurückkommst …" Sie drehte sich zum Kommunikator und legte die Hebel um. Der Bildschirm leuchtete auf und ein wackelndes Fernbild erschien.

„Er ist jetzt hier", sagte Fräulein Meuhl zum Bildschirm. Sie blickte Retief triumphierend an.

„Das ist gut", sagte Retief. „Ich glaube nicht, dass die Groaci uns aus der Luft werfen können, aber …"

„Ich habe meine Pflicht getan, Herr Retief", sagte Frau Meuhl . „Ich habe gestern Abend, gleich nachdem Sie dieses Büro verlassen hatten, dem

Regionalhauptquartier einen ausführlichen Bericht vorgelegt. Alle Zweifel, die ich möglicherweise an der Richtigkeit dieser Entscheidung hatte, wurden durch das, was Sie mir gerade erzählt haben, vollständig ausgeräumt."

Retief sah sie ernst an. „Sie waren ein vielbeschäftigtes Mädchen, Miss Meuhl . Haben Sie die sechs Terrestrischen erwähnt, die hier getötet wurden?"

„Das hatte keinen Einfluss auf Ihr wildes Verhalten! Ich muss sagen, in all meinen Jahren im Corps bin ich noch nie einer Persönlichkeit begegnet, die für diplomatische Arbeit weniger geeignet war."

Der Bildschirm knisterte, die zehn Sekunden Übertragungsverzögerung waren abgelaufen. „Herr Retief", sagte das Gesicht auf dem Bildschirm, „ich bin Berater Pardy , DSO-1, stellvertretender Unterstaatssekretär für die Region. Ich habe einen Bericht über Ihr Verhalten erhalten, der es für mich zwingend erforderlich macht, Sie administrativ zu entlasten." Vize-Miss Yolanda Meuhl , DAO-9. Bis die Ergebnisse einer Untersuchungskommission vorliegen, werden Sie –"

Retief streckte die Hand aus und schaltete den Kommunikator ab. Der triumphierende Ausdruck verschwand aus Fräulein Meuhls Gesicht.

„Warum, was bedeutet das –"

„Wenn ich noch länger zugehört hätte, hätte ich vielleicht etwas gehört, das ich nicht ignorieren konnte. Das kann ich mir im Moment nicht leisten. Hören Sie, Miss Meuhl ", fuhr Retief ernst fort, „ich habe den verschwundenen Kreuzer gefunden." ."

„Du hast gehört, wie er dich abgelöst hat!"

„Ich hörte ihn sagen, dass er es *tun würde* , Fräulein Meuhl . Aber bis ich eine mündliche Anordnung gehört und zur Kenntnis genommen habe, hat sie keine Kraft. Wenn ich falsch liege, wird er meinen Rücktritt bekommen. Wenn ich Recht habe, das." Eine Sperre wäre rundum peinlich.

„Sie widersetzen sich der gesetzlichen Autorität! Ich habe hier jetzt das Sagen." Miss Meuhl trat zum örtlichen Kommunikator.

„Ich werde diese schreckliche Sache sofort den Groaci melden und meine tiefgründige –"

„Berühren Sie diesen Bildschirm nicht", sagte Retief. „Sie setzen sich in die Ecke, wo ich Sie im Auge behalten kann. Ich werde ein versiegeltes Band zur Übermittlung an das Hauptquartier erstellen, zusammen mit einem Aufruf für eine bewaffnete Task Force. Dann machen wir es uns gemütlich und warten."

Retief ignorierte Miss Meuhls Wut, als er in den Rekorder sprach.

Der örtliche Kommunikator meldete sich. Fräulein Meuhl sprang auf und starrte es an.

„Mach weiter", sagte Retief. „Antworten."

Auf dem Bildschirm erschien ein Beamter aus Groakien .

„Yolanda Meuhl ", sagte er ohne Einleitung, „als Außenministerin der Autonomie Groacia akkreditiere ich Sie hiermit als terrestrische Konsulin in Groac , gemäß den Empfehlungen, die meiner Regierung direkt vom terrestrischen Hauptquartier übermittelt wurden. Als Konsul sind Sie es." gebeten, Herrn J. Retief, ehemaligen Konsul, im Zusammenhang mit dem Angriff auf zwei Friedenstruppen und dem illegalen Zutritt zu den Büros des Außenministeriums zur Vernehmung zur Verfügung zu stellen."

„Warum, warum", stammelte Fräulein Meuhl . „Ja, natürlich. Und ich möchte mein tiefstes Bedauern zum Ausdruck bringen –"

Retief stand auf, ging zum Kommunikator und half Miss Meuhl beiseite.

„Hör gut zu, Fith ", sagte er. „Dein Bluff ist aufgedeckt. Du kommst nicht rein und wir kommen nicht raus. Deine Tarnung hat neun Jahre lang funktioniert, aber jetzt ist alles vorbei. Ich schlage vor, dass du einen kühlen Kopf behältst und der Versuchung widerstehst, die Dinge noch schlimmer zu machen." Sind."

„Miss Meuhl ", sagte Fith , „ein Friedenstrupp wartet vor Ihrem Konsulat. Es ist klar, dass Sie sich in den Händen eines gefährlichen Verrückten befinden. Wie immer wünschen sich die Groaci nur Freundschaft mit den Terrestrischen, aber –"

„Mach dir keine Sorgen", sagte Retief. „Sie wissen, was in den Akten stand, die ich heute Morgen durchgesehen habe."

Retief drehte sich um, als er ein Geräusch hinter sich hörte. Fräulein Meuhl war an der Tür und griff nach der Entriegelung des Safeschlosses ...

"Nicht!" Retief zuckte zusammen – zu spät.

Die Tür platzte nach innen. Eine Menge Groaci mit Haube drängte in den Raum, drängte Miss Meuhl zurück und richtete Schrotflinten auf Retief. Polizeichef Shluh drängte vorwärts.

„Versuchen Sie keine Gewalt, Terrestrisch", sagte er. „Ich kann nicht versprechen, meine Männer zurückzuhalten."

„Sie verletzen terrestrisches Territorium, Shluh", sagte Retief ruhig. „Ich schlage vor, dass Sie auf dem gleichen Weg wieder ausziehen, auf dem Sie hereingekommen sind."

„Ich habe sie hierher eingeladen", sagte Frau Meuhl . „Sie sind auf meinen ausdrücklichen Wunsch hier."

„Sind sie das? Sind Sie sicher, dass Sie so weit gehen wollten, Miss Meuhl ? Ein Trupp bewaffneter Groaci im Konsulat?"

„Sie sind die Konsulin, Miss Yolanda Meuhl ", sagte Shluh. „Wäre es nicht das Beste, wenn wir diese geistesgestörte Person an einen sicheren Ort bringen würden?"

„Du machst einen schweren Fehler, Shluh", sagte Retief.

„Ja", sagte Fräulein Meuhl . „Sie haben völlig recht, Mr. Shluh. Bitte begleiten Sie Mr. Retief zu seinem Quartier in diesem Gebäude –"

„Ich rate Ihnen nicht, meine diplomatische Immunität zu verletzen, Fith ", sagte Retief.

„Als Missionschefin", sagte Frau Meuhl schnell, „verzichte ich hiermit auf die Immunität im Fall von Herrn Retief."

Shluh holte ein Handrekorder hervor. „Bitte wiederholen Sie Ihre Aussage offiziell, Madam", sagte er. „Ich möchte, dass später keine Frage mehr aufkommt."

„Sei kein Dummkopf, Frau", sagte Retief. „Sehen Sie nicht, worauf Sie sich einlassen? Das wäre ein verdammt guter Zeitpunkt für Sie, herauszufinden, auf wessen Seite Sie stehen."

„Ich stehe auf der Seite des guten Anstands!"

„Du wurdest hereingelegt. Diese Leute verheimlichen –"

„Sie halten alle Frauen für Dummköpfe, nicht wahr, Herr Retief?" Sie wandte sich an den Polizeichef und sprach in das Mikrofon, das er hochhielt.

„Das ist ein illegaler Verzicht", sagte Retief. „Ich bin hier Konsul, egal welche Gerüchte Sie gehört haben. Diese Sache kommt an die Öffentlichkeit, was auch immer Sie tun. Fügen Sie die Verletzung des Konsulats nicht zu der Liste der Gräueltaten Groacians hinzu ."

„Nimm den Mann", sagte Shluh.

Zwei große Groaci traten an Retiefs Seite, die Waffen auf seine Brust gerichtet.

„Sind Sie doch fest entschlossen, sich zu erhängen, nicht wahr?" sagte Retief. „Ich hoffe, du bist vernünftig genug, diesem armen Narren hier keine Hand anzulegen." Er deutete mit dem Daumen auf Miss Meuhl . „Sie weiß nichts. Ich hatte noch keine Zeit, es ihr zu sagen. Sie denkt, du bist eine Gruppe von Engeln."

Der Polizist an Retiefs Seite schwang den Griff seiner Streupistole und traf ihn fest mit Retiefs Kiefer. Retief stolperte gegen einen Groacian , wurde erfasst und aufgerichtet, wobei Blut auf sein Hemd lief. Fräulein Meuhl schrie. Shluh bellte den Wachmann in schrillem Groakisch an , dann drehte er sich um und starrte Miss Meuhl an .

„Was hat Ihnen dieser Mann erzählt?"

„Ich – nichts. Ich habe mich geweigert, auf seine Schwärmereien zu hören."

„Er hat Ihnen gegenüber nichts von einer ... angeblichen ... Beteiligung gesagt?"

"Ich habe es dir gesagt!" sagte Fräulein Meuhl scharf. Sie betrachtete das Blut auf Retiefs Hemd.

„Er hat mir nichts erzählt", flüsterte sie. "Ich schwöre es."

„Lasst es lügen, Jungs", sagte Retief. „Bevor Sie diesen guten Eindruck verderben."

Shluh blickte Miss Meuhl lange an. Dann drehte er sich um.

„Lass uns gehen", sagte er. Er wandte sich wieder an Fräulein Meuhl . „Verlassen Sie dieses Gebäude nicht, bis Sie weitere Ratschläge erhalten", sagte er.

„Aber ... ich bin der irdische Konsul!"

groatische Staatsangehörige verprügelt ."

„Bis dann, Meuhlsie ", sagte Retief. „Du hast es richtig clever gespielt."

„Du wirst ihn ... in seinem Quartier einsperren?" sagte Frau Meuhl .

„Was mit ihm gemacht wird, ist jetzt eine groakische Angelegenheit, Fräulein Meuhl . Sie selbst haben den Schutz Ihrer Regierung entzogen."

„Ich meinte nicht-"

„Machen Sie keine Bedenken", sagte Retief. „Sie können dich unglücklich machen."

„Ich hatte keine Wahl", sagte Frau Meuhl . „Ich musste das beste Interesse des Dienstes berücksichtigen."

„Mein Fehler, schätze ich", sagte Retief. „Ich dachte an das Wohl eines Landkreuzers mit dreihundert Mann an Bord."

„Genug", sagte Shluh. „Entfernen Sie diesen Verbrecher." Er deutete auf die Friedenstruppen.

„Gehen Sie weiter", sagte er zu Retief. Er wandte sich an Fräulein Meuhl .

„Es ist mir eine Freude, mit Ihnen zu tun zu haben, Madam."

IV

Retief stand ruhig im Aufzug, stieg im Erdgeschoss aus und folgte ihm fügsam den Korridor entlang und über den Bürgersteig zu einem wartenden Dampfwagen.

Einer der Friedenstruppen umrundete das Fahrzeug und stieg auf der anderen Seite ein. Zwei bückten sich, um auf den Vordersitz zu klettern. Shluh bedeutete Retief, sich auf den Rücksitz zu setzen und hinter ihm einzusteigen. Die anderen gingen zu Fuß weiter.

Das Auto sprang an und fuhr los. Der Polizist auf dem Vordersitz drehte sich zu Retief um.

„Um etwas Spaß damit zu haben und es dann zu töten", sagte er.

„Zuerst ein faires Verfahren", sagte Shluh. Das Auto schaukelte und ruckelte, bog um eine Ecke und schnaufte zwischen verzierten Pastellfassaden hindurch.

„Um einen Prozess zu machen und dann ein bisschen Sport zu treiben", sagte der Polizist.

„Um die Eier in deinem eigenen Hügel zu saugen", sagte Retief. „Um einen weiteren dummen Fehler zu machen."

Shluh hob seine kurze Zeremonienkeule und schlug Retief quer durch die Schläfe. Retief schüttelte angespannt den Kopf –

Der Polizist auf dem Vordersitz neben dem Fahrer drehte sich um und rammte den Lauf seiner Schrotflinte gegen Retiefs Rippen.

„Machen Sie keine Bewegung, Außenweltler", sagte er. Shluh hob seinen Schläger und schlug erneut vorsichtig auf Retief ein. Er sackte zusammen.

Das Auto schwankte und bog um eine weitere Ecke. Retief rutschte gegen den Polizeichef.

„Um dieses Tier abzuwehren –", begann Shluh. Seine schwache Stimme wurde unterbrochen, als Retiefs Hand vorschoss, ihn an der Kehle packte und ihn auf den Boden warf. Als der Wachmann zu Retiefs Linken einen Satz machte, versetzte Retief ihm einen Aufwärtshaken und knallte seinen Kopf gegen den Türpfosten. Er packte die Schrotflinte, als sie herunterfiel, und stieß sie in die Mandibeln des Groacianers auf dem Vordersitz.

„Um Ihre Popgun vorsichtig über den Sitz zu legen und sie fallen zu lassen", sagte er.

Der Fahrer trat auf die Bremse und wirbelte herum, um seine Waffe zu heben. Retief ließ den Lauf der Waffe gegen den Kopf des Groacianers vor ihm knallen und drehte sich dann um, um auf den Fahrer zu zielen.

„Um Ihre Augen auf der Straße zu behalten", sagte er. Der Fahrer packte die Pinne, drückte sich gegen das Fenster und beobachtete mit einem Auge Retief, mit dem anderen die Fahrt.

„Um dieses Ding abzuschießen", sagte Retief. „Um in Bewegung zu bleiben."

Shluh bewegte sich auf dem Boden. Retief setzte einen Fuß auf ihn und drückte ihn zurück. Der Polizist neben Retief bewegte sich. Retief stieß ihn vom Sitz auf den Boden.

Mit einer Hand hielt er die Streupistole und wischte mit der anderen das Blut auf seinem Gesicht. Das Auto raste heftig schnaufend über die unregelmäßige Fahrbahnoberfläche.

„Dein Tod wird nicht leicht sein, Terrestrier", sagte Shluh auf Terranisch.

„Nicht einfacher als ich helfen kann", sagte Retief. „Halt jetzt erstmal die Klappe, ich möchte nachdenken."

Der Wagen passierte die letzten Hügel mit Reliefkruste und raste zwischen bestellten Feldern entlang.

„Machen Sie langsamer", sagte Retief. Der Fahrer gehorchte.

„Biegen Sie diese Seitenstraße hinunter."

Das Auto prallte auf eine unbefestigte Fläche und schlängelte sich zwischen hohen Stängeln zurück.

"Halten Sie hier an." Das Auto blieb stehen. Es blies Dampf ab und blieb zitternd stehen, während der heiße Motor unruhig im Leerlauf lief.

Retief öffnete die Tür und nahm seinen Fuß von Shluh.

„Setz dich auf", befahl er. „Ihr zwei vorne hört gut zu." Shluh setzte sich auf und rieb sich die Kehle.

„Drei von euch kommen hier raus", sagte Retief. „Der gute alte Shluh wird hier bleiben und für mich fahren. Wenn ich das nervöse Gefühl habe, dass die Bullen hinter mir her sind, werfe ich ihn raus, um sie zu verwirren. Das wird bei hoher Geschwindigkeit ziemlich chaotisch. Shluh, erzähl es." Sie sollen still sitzen, bis es dunkel wird, und vergessen, irgendwelche Alarme zu ertönen. Ich würde es hassen, wenn dein Panzer platzen würde und du, mein liebenswerter Mensch, auf dem Bürgersteig verstreut würdest."

„Um deinen Halssack zu platzen, du übelriechendes Biest!" Shluh zischte.

„Tut mir leid, ich habe keins." Retief hielt Shluh die Waffe unters Ohr. „ Sag es ihnen, Shluh. Ich kann zur Not auch selbst fahren."

„Tun, was der Fremde sagt: Sich verstecken, bis es dunkel wird", sagte Shluh.

„Alle raus", sagte Retief. „Und nimm das mit." Er stieß den bewusstlosen Groacianer an . „Shluh, du setzt dich ans Steuer. Ihr anderen bleibt dort, wo ich euch sehen kann."

Retief sah zu, wie die Groaci schweigend den Anweisungen folgten.

„In Ordnung, Shluh", sagte Retief leise. „Lass uns gehen. Bring mich auf dem kürzesten Weg zum Raumhafen Groac , der nicht durch die Stadt führt. Und sei sehr vorsichtig bei plötzlichen Bewegungen."

<hr>

Vierzig Minuten später steuerte Shluh das Auto bis zum bewachten Tor im Sicherheitszaun, der die Militäranlage am Raumhafen Groac umgab .

„Geben Sie keinen überstürzten Impulsen nach", flüsterte Retief, als ein groatischer Soldat mit Haube auf ihn zukam. Shluh rieb in hilfloser Wut seine Mandibeln.

„Drohnenmeister Shluh, Innere Sicherheit", krächzte er. Der Wachmann richtete seinen Blick auf Retief.

„Der Gast der Autonomie", fügte Shluh hinzu. „Um mich passieren zu lassen oder an dieser Stelle zu verrotten, Dummkopf?"

·„Passen, Drohnenmeister", murmelte der Wachposten. Er starrte Retief immer noch an, während das Auto ruckartig davonfuhr.

„Du bist jetzt so gut wie auf dem Hügel in den Vergnügungsgruben festgesteckt, Terrestrisch", sagte Shluh auf Terranisch. „Warum wagen Sie sich hierher?"

„Halten Sie dort im Schatten des Turms an und halten Sie an", sagte Retief.

Shluh kam dieser Bitte nach. Retief betrachtete die Reihe von vier schlanken Schiffen, die auf der Rampe geparkt waren und deren Navigationslichter sich vor den Farben des Himmels in der frühen Morgendämmerung abhoben.

„Welches dieser Boote ist zum Heben bereit?" forderte Retief.

Shluh blickte cholerisch.

„Alle davon sind Shuttles; sie haben keine Reichweite. Sie werden dir nicht helfen."

„Um die Frage zu beantworten, Shluh, oder um noch einen Schlag auf den Kopf zu bekommen."

„Du bist nicht wie andere Erdbewohner! Du bist ein verrückter Hund!"

„Wir werden später eine Charakterskizze von mir entwerfen. Sind sie alle vollgetankt? Du kennst die Abläufe hier. Sind diese Shuttles gerade erst angekommen, oder ist das die Bereitschaftslinie?"

„Ja. Alle sind betankt und startbereit."

„Ich hoffe, du hast Recht, Shluh. Du und ich, wir fahren rüber und steigen in eines ein. Wenn es sich nicht löst, bringe ich dich um und probiere es mit dem nächsten. Lass uns gehen."

„Sie sind verrückt! Ich habe es Ihnen gesagt – diese Boote haben eine Kapazität von nicht mehr als zehntausend Tonnensekunden. Sie sind nur für Satellitenflüge nützlich."

„Kümmern Sie sich nicht um die Details. Versuchen wir es mit dem ersten in der Reihe."

Shluh ließ die Kupplung los, und der Dampfwagen rollte scheppernd und ruckartig auf die Reihe der Boote zu.

„Nicht der Erste in der Reihe", sagte Shluh plötzlich. „Letzteres wird mit größerer Wahrscheinlichkeit befeuert. Aber –"

„Intelligenter Grashüpfer", sagte Retief. „Fahren Sie bis zur Einstiegspforte, steigen Sie aus und gehen Sie direkt nach oben. Ich bin direkt hinter Ihnen."

„Der Gangway- Wächter . Die Herausforderung von –"

„Mehr Details. Schauen Sie ihn einfach böse an und sagen Sie, was nötig ist. Sie kennen die Technik."

***

Das Auto fuhr unter dem Heck des ersten Bootes hindurch, dann unter dem zweiten. Es gab keinen Alarm. Es umrundete das dritte Schiff und kam zitternd vor der offenen Luke des letzten Schiffes zum Stehen.

„Raus", sagte Retief. „Um es bissig zu machen."

Shluh stieg aus dem Auto, zögerte, als der Wachmann Haltung annahm, zischte ihn dann an und stieg die Stufen hinauf. Der Wachmann blickte Retief verwundert an, seine Mandibeln waren schlaff.

„Ein Außenweltler!" er sagte. Er nahm seine Schrotflinte ab. „Um hier aufzuhören, Fleischgesichtiger."

Shluh erstarrte und drehte sich um.

„Um Aufmerksamkeit zu erregen, Wurfkamerad unter den Drohnen!" Retief krächzte auf Groakisch . Der Wachmann zuckte zusammen, schwenkte seine Augenstiele und nahm Haltung an.

„Über Gesicht!" Retief zischte. „Verdammt, weg von hier – marschieren!"

Der Wachmann stapfte über die Rampe davon. Retief nahm zwei Stufen auf einmal und knallte die Luke hinter sich zu.

„Ich bin froh, dass deine Jungs ein wenig Disziplin haben, Shluh", sagte Retief. "Was hast du zu ihm gesagt?"

"Ich aber-"

„Macht nichts. Wir sind dabei. Gehen Sie rauf zum Kontrollraum."

„Was wissen Sie über groacische Marineschiffe?"

„Viel. Das ist eine direkte Kopie des Rettungsbootes, das ihr Jungs gekapert habt. Ich kann es steuern. Los geht's."

Retief folgte Shluh den Niedergang hinauf in den engen Kontrollraum.

„Anbinden, Shluh", befahl Retief.

"Das ist verrückt!" Sagte Shluh. „Wir haben nur genug Treibstoff für einen einfachen Transit zum Satelliten. Wir können weder in die Umlaufbahn gelangen noch wieder landen! Dieses Boot zu heben bedeutet den Tod – es sei denn, Ihr Ziel ist unser Mond."

„Der Mond ist untergegangen, Shluh", sagte Retief. „Und wir auch. Aber nicht mehr lange. Binden Sie ein."

„Lass mich frei", keuchte Shluh. „Ich verspreche Ihnen Immunität."

„Wenn ich dich selbst fesseln muss, beuge ich dir dabei vielleicht den Kopf."

Shluh kroch angeschnallt auf die Couch.

„Gib es auf", sagte er. „Ich werde dafür sorgen, dass Sie wieder eingestellt werden – mit Ehre! Ich garantiere Ihnen sicheres Geleit."

„Countdown", sagte Retief. Er schaltete den Autopiloten ein.

„Es ist der Tod!" Shluh kreischte.

Die Gyros summten; Timer tickten; Relais geschlossen. Retief lag entspannt auf dem Beschleunigungspad. Shluh atmete laut, seine Mandibeln klickten schnell.

„Dass ich rechtzeitig geflohen bin", sagte Shluh mit heiserem Flüstern. „Das ist kein guter Tod …"

„Kein Tod ist ein guter Tod", sagte Retief. „Noch eine ganze Weile nicht." Das rote Licht in der Mitte der Tafel leuchtete auf, und plötzlich erfüllte ein Geräusch das Universum. Das Schiff bebte, hob sich.

Retief konnte Shluhs Wimmern trotz des Lärms der Auffahrt hören.

„Perihel", sagte Shluh dumpf. „Um jetzt mit dem langen Rückfall zu beginnen."

„Nicht ganz", sagte Retief. „Ich schätze, es bleiben noch fünfundachtzig Sekunden." Stirnrunzelnd betrachtete er die Instrumente.

„Wir werden die Oberfläche natürlich nicht erreichen", sagte Shluh auf Terranisch. „Die Pips auf dem Bildschirm sind Raketen. Wir haben ein Rendezvous im Weltraum, Retief. Mögen Sie mit Ihrem Wahnsinn zufrieden sein."

„Sie sind fünfzehn Minuten hinter uns, Shluh. Deine Verteidigung ist träge."

Groac wühlen ", sagte Shluh.

Retiefs Augen waren auf ein Zifferblatt gerichtet.

„Jederzeit", sagte er leise. Shluh zählte seine Augenstiele.

"Was suchst du?"

Retief versteifte sich.

„Schauen Sie auf den Bildschirm", sagte er. Shluh schaute. Ein leuchtender Punkt, außermittig, der sich schnell über das Gitter bewegt ...

"Was-"

"Später!"

Shluh sah zu, wie Retiefs Augen von einer Nadel zur anderen wanderten.

"Wie...."

„Um deinetwillen, Shluh", sagte Retief, „hoffe besser, dass das funktioniert." Er drehte den Sendeschlüssel um.

„2396 TR-42 G, das ist der terrestrische Konsul in Groac , an Bord von Groac 902, der mit einem MP-Fix von 91/54/94 auf Sie zusteuert. Können Sie mich lesen? Ende."

„Was ist das für eine verlassene Geste?" Flüsterte Shluh. „Du weinst in der Nacht ins Leere!"

„Knöpfe deine Mandibeln zu“, fauchte Retief und lauschte. Es gab ein schwaches Summen stellarer Hintergrundgeräusche. Retief wiederholte seinen Anruf und wartete.

„Vielleicht hören sie es, können aber nicht antworten“, murmelte er. Er drehte den Schlüssel um.

„2396, du hast zwanzig Sekunden Zeit, um einen Traktorstrahl auf mich zu richten, oder ich werde an dir vorbei sein wie ein Schuss Rum an der Brücke eines Seemanns …“

„Ins Leere rufen!“ Sagte Shluh. "Zu-"

„Sehen Sie sich den DV-Bildschirm an.“

Shluh drehte den Kopf und schaute. Vor dem Hintergrundnebel aus Sternen zeichnete sich eine Gestalt ab, dunkel und träge.

„Es ist... ein Schiff!“ Sagte Shluh. „Ein Monsterschiff ! “

„Das ist sie“, sagte Retief. „Neun Jahre und ein paar Monate außerhalb von New Terra auf einer routinemäßigen Kartierungsmission. Der verschwundene Kreuzer – die IVS *Terrific* .“

"Unmöglich!" Shluh zischte. „Der Hulk schwingt in einer tiefen Kometenbahn.“

„Richtig. Und jetzt schwingt es knapp an Groac vorbei .“

„Du denkst, die Umlaufbahnen mit denen des Wracks in Einklang zu bringen? Ohne Strom? Unser Treffen wird gewalttätig sein, wenn das deine Absicht ist.“

„Wir werden nicht treffen; wir werden unseren Pass auf etwa fünftausend Yards schaffen.“

„Zu welchem Zweck, Terrestrisch? Du hast dein verlorenes Schiff gefunden. Was dann? Ist dieser flüchtige Blick den Tod wert, den wir sterben?“

„Vielleicht sind sie nicht tot“, sagte Retief.

"Nicht tot?" Shluh verfiel ins Groakische . „Im Bau seiner Jugend gestorben zu sein. Mir den Hals geplatzt zu haben, als ich mich mit einem verrückten Außerirdischen auf den Weg machte, um die Toten herbeizurufen.“

„2396, machen Sie es bissig“, rief Retief. Der Lautsprecher knisterte gedankenlos. Das dunkle Bild auf dem Bildschirm schwebte vorbei und wurde nun immer kleiner.

„Neun Jahre und der Verrückte redet wie mit Freunden", schwärmte Shluh. „Neun Jahre tot und immer noch auf der Suche nach ihnen."

„Noch zwanzig Sekunden", sagte Retief leise, „und wir sind außer Reichweite. Seht lebendig aus, Jungs."

„War das dein Plan, Retief?" fragte Shluh auf Terranisch. „Bist du vor Groac geflohen und hast auf diesem schmalen Faden alles riskiert?"

„Wie lange hätte ich in einem Ihrer Groaci- Gefängnisse durchgehalten?"

„Lange und lange, mein Retief", zischte Shluh, „unter der Klinge eines Künstlers."

Plötzlich bebte das Schiff, schien zu schleppen und rollte die beiden Passagiere auf ihren Sofas hin und her. Shluh zischte, als das Haltegeschirr in ihn einschnitt. Das Shuttle-Boot drehte sich heftig und neigte sich. Erdrückende Beschleunigungskräfte werden aufgebaut. Shluh schnappte nach Luft und schrie schrill.

"Was ist es?"

„Es sieht so aus", sagte Retief, „als hätten wir ein bisschen Glück gehabt."

V

„Bei unserem zweiten Durchgang", sagte der hagere Offizier, „haben sie etwas abgeworfen. Ich weiß nicht, wie es an unseren Schirmen vorbeigekommen ist. Es ist im Heck steckengeblieben und hat das Hauptrohr aus der Luft gebracht. Ich habe es geworfen." volle Leistung an die Notschilde und sendete unsere Identifikation auf einem Scatter, der jeden Empfänger innerhalb eines Parsecs hätte treffen sollen. Nichts. Dann ging der Sender kaputt. Es war ein Narr, das Boot herunterzuschicken, aber ich konnte es irgendwie nicht glauben. .."

„In gewisser Weise ist es ein Glück, dass Sie das getan haben, Captain. Das war meine einzige Spur."

„Danach versuchten sie, uns zu erledigen. Aber mit voller Kraft auf die Schirme kam nichts durch, was sie hatten. Dann forderten sie uns auf, uns zu ergeben."

Retief nickte. „Ich nehme an, du warst nicht in Versuchung?"

„Mehr als Sie wissen. Auf unserem ersten Rundkurs war es ein langer Ausschlag. Als wir dann zurückkamen, dachten wir, wir würden treffen. Als letzten Ausweg hätte ich den Strom von den Bildschirmen abgeschaltet und versucht, die Umlaufbahn mit anzupassen." Die Steuerdüsen. Aber das

Bombardement war ziemlich heftig; ich glaube nicht, dass wir es geschafft hätten. Dann bogen wir vorbei und machten uns wieder auf den Weg. Wir haben eine Frist von drei Jahren . Ich glaube nicht, dass ich nicht darüber nachgedacht hätte aufgeben."

„Warum hast du es nicht getan?“

„Die Informationen, die wir haben, sind wichtig. Wir haben viele Vorräte an Bord. Genug für weitere zehn Jahre, wenn nötig. Früher oder später wusste ich, dass das Suchkommando uns finden würde.“

Retief räusperte sich. „Ich bin froh, dass Sie dabei geblieben sind, Captain. Selbst eine abgelegene Welt wie Groac kann viele Menschen töten, wenn sie Amok läuft.“

„Was ich nicht wusste“, fuhr der Kapitän fort, „war, dass wir uns nicht in einer stabilen Umlaufbahn befinden. Wir werden auf diesem Pass ziemlich tief in die Atmosphäre eindringen, und in weiteren sechzig Tagen würden wir zurück sein, um zu bleiben.“ . Ich schätze, die Groaci wären für uns bereit.“

„Kein Wunder, dass sie so fest darauf saßen“, sagte Retief. „Sie waren fast im Reinen.“

„Und Sie sind jetzt hier“, sagte der Kapitän. „Neun Jahre, und wir wurden nicht vergessen. Ich wusste, dass wir uns darauf verlassen konnten –“

„Es ist jetzt vorbei, Captain“, sagte Retief. „Das ist es, was zählt.“

„Zuhause“, sagte der Kapitän. „Nach neun Jahren…“

<hr>

„Ich würde mir gerne die Filme ansehen, die Sie erwähnt haben“, sagte Retief. „Diejenigen, die die Installationen auf dem Satelliten zeigen.“

Der Kapitän kam dieser Bitte nach. Retief sah zu, wie sich die Szene abspielte und die trostlose Oberfläche des winzigen Mondes zeigte, wie sie die *Terrific* vor neun Jahren gesehen hatte.

In grellem Schwarz und Weiß warfen eine Reihe identischer Rümpfe lange Schatten auf die narbige Metalloberfläche des Satelliten. Retief pfiff.

„Sie hatten eine ziemliche Überraschung parat. Ihr Besuch muss sie in Panik versetzt haben.“

„Sie sollten inzwischen so gut wie startbereit sein. Neun Jahre …“

„Halten Sie das Bild“, sagte Retief plötzlich. „Was ist das für eine zerklüftete schwarze Linie dort in der Ebene?“

„Ich glaube, es ist ein Spalt. Die kristalline Struktur –“

„Ich habe eine Idee", sagte Retief. „Ich habe gestern Abend im Auswärtigen Amt einen Blick auf einige geheime Akten geworfen. Eine davon war ein Fortschrittsbericht zu einem spaltbaren Lager. Ende dieser Gletscherspalte?

„Oben im Bild."

„Wenn ich mich nicht völlig irre, ist das das Bombenlager. Die Groaci verstecken Dinge gerne unter der Erde. Ich frage mich, was ein direkter Treffer mit einer Fünfzig-Megatonnen-Rakete damit machen würde?"

„Wenn das ein Waffenlager ist", sagte der Kapitän, „ist das ein Experiment, das ich gerne ausprobieren würde."

„Kannst du es treffen?"

„Ich habe fünfzig schwere Raketen an Bord. Wenn ich sie in direkter Folge abfeuere, sollte die Verteidigung gesättigt sein. Ja, ich kann sie treffen."

„Die Reichweite ist nicht allzu groß?"

„Das sind die Luxusmodelle ", lächelte der Kapitän unheilvoll. „Videoanleitung. Wir könnten sie in eine Bar steuern und sie auf einem Hocker abstellen."

„Was hältst du davon, wenn wir es versuchen?"

„Ich habe mir schon lange ein solides Ziel gewünscht", sagte der Kapitän.

Retief deutete mit der Hand auf den Bildschirm.

„Diese sich ausdehnende Staubwolke war früher der Satellit von Groac , Shluh", sagte er. „Sieht so aus, als wäre etwas passiert."

Der Polizeichef starrte auf das Bild.

„Schade", sagte Retief. „Aber es war doch auch nicht von Bedeutung, oder, Shluh?"

Murmelte Shluh unverständlich.

„Nur ein bloßes Stück Eisen, Shluh. Das hat mir das Auswärtige Amt gesagt, als ich um Informationen gebeten habe."

„Ich wünschte, Sie würden Ihren Gefangenen außer Sichtweite halten", sagte der Kapitän. „Es fällt mir schwer, die Finger von ihm zu lassen."

„Shluh möchte helfen, Captain. Er war ein böser Junge und ich habe das Gefühl, dass er jetzt gerne mit uns zusammenarbeiten würde. Besonders angesichts der bevorstehenden Ankunft eines terrestrischen Schiffes und der Staubwolke da draußen."

"Wie meinst du das?"

„Kapitän, Sie können noch eine Woche weiterfahren, das Schiff kontaktieren, wenn es ankommt, es abschleppen lassen und Ihre Probleme sind vorbei. Wenn Ihre Filme im richtigen Viertel gezeigt werden, wird eine Task Force hierher kommen. Das werden sie Reduzieren Sie Groac auf ein untertechnisches kulturelles Niveau und richten Sie ein Überwachungssystem ein, um sicherzustellen, dass ihr keine weiteren Expansionsideen einfallen. Nicht, dass sie jetzt viel tun kann, da ihre handliche Eisenmine am Himmel verschwunden ist.

„Das stimmt; und –“

„Andererseits“, sagte Retief, „gibt es das, was ich den diplomatischen Ansatz nennen könnte …“

Er erklärte es ausführlich. Der Kapitän sah ihn nachdenklich an.

„Ich komme mit“, sagte er. „Was ist mit diesem Kerl?“

Retief wandte sich an Shluh. Der Groacianer schauderte und zog die Augenstiele zurück.

„Ich werde es tun“, sagte er schwach.

„Richtig“, sagte Retief. „Captain, wenn Sie Ihre Männer bitten, den Sender vom Shuttle herzubringen, rufe ich einen Kollegen namens Fith im Auswärtigen Amt an.“ Er wandte sich an Shluh. „Und wenn ich ihn bekomme, Shluh, wirst du alles genau so tun, wie ich es dir gesagt habe – oder du wirst terrestrische Beobachter in Groac City diktieren lassen.“

„Ganz offen, Retief“, sagte Berater Pardy , „ich bin ziemlich verblüfft. Herr Fith vom Auswärtigen Amt schien mit Ihrem Lob fast schmerzlich überschwänglich zu sein Es ist schwer zu verstehen, dass ich bei Ihnen ein äußerst unregelmäßiges Verhalten festgestellt habe.

„ Fith und ich haben viel zusammen durchgemacht“, sagte Retief. "Wir verstehen einander."

„Sie haben keinen Grund zur Selbstzufriedenheit, Retief“, sagte Pardy . „Fräulein Meuhl hatte durchaus Recht, Ihren Fall zu melden. Hätte sie gewusst, dass Sie Mr. Fith bei seiner wunderbaren Arbeit unterstützen, hätte sie ihren Bericht zweifellos etwas abgeändert. Sie hätten sich ihr anvertrauen sollen.“

„ Fith wollte es geheim halten, für den Fall, dass es nicht klappt“, sagte Retief. "Du weisst wie das ist."

„Natürlich. Und sobald sich Fräulein Meuhl von ihrem Nervenzusammenbruch erholt hat, erwartet sie eine schöne Beförderung. Das Mädchen hat sie mehr als verdient, da sie sich jahrelang unerschütterlich für die Politik des Corps eingesetzt hat.“

„Unerschütterlich“, sagte Retief. „Da werde ich sicher mitmachen.“

„Das ist gut so, Retief. Sie haben sich bei diesem Auftrag nicht gut geschlagen. Ich sorge für eine Versetzung. Sie haben zu viele Einheimische verärgert …“

„Aber wie du schon sagtest, Fith lobt mich …“

„Oh, stimmt. Es ist die kulturelle Intelligenz, auf die ich mich beziehe. Miss Meuhls Aufzeichnungen zeigen, dass Sie eine Reihe einflussreicher Gruppen absichtlich beleidigt haben, indem Sie boykottierten –“

„Ton taub“, sagte Retief. „Für mich hört sich ein Groacianer , der eine Nasenpfeife bläst, wie ein Groacianer an , der eine Nasenpfeife bläst.“

„Man muss sich mit lokalen ästhetischen Werten auseinandersetzen“, erklärte Pardy . „Lernen Sie, die Menschen so kennenzulernen, wie sie wirklich sind. Aus einigen Bemerkungen, die Fräulein Meuhl in ihrem Bericht zitierte, geht hervor, dass Sie die Groaci eher gering schätzten. Aber wie unrecht hatten Sie! Die ganze Zeit über arbeiteten sie unaufhörlich an der Rettung Diese tapferen Jungs waren an Bord unseres Kreuzers gestrandet. Sie machten weiter, selbst nachdem wir selbst die Suche aufgegeben hatten. Und als sie herausfanden, dass es eine Kollision mit ihrem Satelliten war, die das Schiff außer Gefecht gesetzt hatte, machten sie diese großartige Geste – beispiellos. Einhunderttausend Credits in Gold für jedes Besatzungsmitglied als Zeichen der groacischen Sympathie.

„Eine schöne Geste“, murmelte Retief.

„Ich hoffe, Retief, dass Sie aus diesem Vorfall gelernt haben. Angesichts der hilfreichen Rolle , die Sie dabei gespielt haben, Herrn Fith in Verfahrensfragen bei seiner Suche zu beraten, empfehle ich keine Herabstufung der Note. Wir“ Ich werde die Angelegenheit übersehen und Ihnen eine saubere Weste geben. Aber in Zukunft werde ich Sie genau beobachten.

„Man kann nicht alle gewinnen “ , sagte Retief.

„Du solltest besser packen. Du kommst morgen früh mit uns.“ Pardy sortierte seine Papiere.

„Es tut mir leid", sagte er, „dass ich keinen schmeichelhafteren Bericht über Sie abgeben kann. Ich hätte Ihre Beförderung gerne zusammen mit der von Frau Meuhl weiterempfohlen ."

„Das ist okay", sagte Retief. „Ich habe meine Erinnerungen."

www.ingramcontent.com/pod-product-compliance
Lightning Source LLC
LaVergne TN
LVHW091142180726
843490LV00008B/3149